채길순 소설집

그녀의 방

채 길 순 소설집

그녀의 방

국제문학사

차 례

그녀의 방

1

그녀의 분노는 자정을 넘은 시간에 카톡 문자로 폭발했다. 뭐랄까, 하루 종일 자루에 차곡차곡 고여 온 분노가 이 시간까지 팽배한 끝에 터져버리듯, 한꺼번에 무서운 기세로 공격해 왔다.

"내가 왜 네 놈의 말을 들어야 하는데? 네 말은 수직 관계에서 나온 폭력이라고! 내가 니놈의 하인이야? 개XX!…."

나는 그때마다 잠시 넋이 달아나 멍히 앉아 있었

다. 잠 세상으로 진입하려는 몽롱한 기운이 일시에 달아나고 긴장감이 자리 잡았다. 이런 때 나는 최대한 답을 미뤘다. 그녀가 화내는 이유를 곰곰이 따져보거나, 잘못 보냈다는 사과의 문자가 뒤따라오기를 기다렸다. 그러나 생각과는 다르게 나는 자신도 모르게 답 문자를 입력하고 있었다. 답 문자를 입력하는 동안 오히려 은근히 화를 키우고 있었다.

"하인이라니! 말도 안 돼. 옛적 훼드라 주점 기억나? 그때부터 지금까지 너는 오히려 나의 선생이었잖아."

40년 전, 한동안 사이가 좋았던 스무 살의 시절을 소환했다. 그때 우리는 잠깐 연인이었고, 나는 그녀처럼 투사가 되지 못한 채 배신자가 되었다. 내가 보통의 삶을 이어갈 때 그녀는 언제 죽어도 좋다는 불꽃 같은 삶을 살아 나와 자연 멀어졌다. 요즘 어색한 중에 옛적의 사랑을 회복해 가는 중이어서 굳이 수평 수직의 사건이 벌어질 틈도 없었다. 어떻게든 욕설 문자는 맥에 맞지 않는 말이었다.

나는 끓어오르는 화를 삭이고, 결국 답 문자를 보

내지 않았다.

카톡 문자 창을 내리자, 그녀가 이어서 보낸 아프리카 세렝게티 별들이 넘실대는 밤의 정경과 동물왕국 유튜브 영상이 빠르게 흐르고 있었다. 하이에나가 떼를 지어 한 마리 암사자의 성기를 물어뜯고 있었다. 그녀가 내게 영상을 전달하면서 어떤 설명도 붙이지 않아서 왜 이 영상을 보냈는지 알아맞혀 보라는 수수께끼 같기도 했다. 나는 여전히 화가 치밀어 한가하게 수수께끼 따위를 풀 생각이 나지 않았다.

그녀와 나는 지방의 작은 도시 남녀공학의 고등학교를 다녔다. 청소년 시절 친구 경계를 막 넘어 연인으로 들어선 만남은 같은 대학을 입학하고 나서 얼마 지나지 않아서였다. 학교 부근에 있는 주점 훼드라에서였다. 우리는 누가 말하지 않아도 몸이 움직이는 대로 성인 같은 애정 표현을 해도 자연스러울 때였다. 아니, 오히려 호기심으로 다 따라하고 싶을 때였다.

1981년 봄, 그해는 새 학기가 시작되기는 했지만, 세상은 '5.18 광주'에 질식해 있을 때였다. 적막한 중에 벚꽃이 성급하게 피었다가 무너지듯 져버렸다. 연둣빛 나뭇잎과 풀이 물감처럼 진하게 번져갈 무렵에 학생 시위가 시작되더니 점차 빈번해지고 격해져 갔다.

그녀와 나는 신입생으로 처음 대하는 데모여서 살짝 들떠 있었다. 나는 그녀의 환심을 사기 위해 그녀가 권해준 『체 게바라 평전』을 구해 하룻밤에 독파해 버렸다. 다음 날은 밑줄 쳐 가면서 꼼꼼하게 읽으며, 그녀와의 대화에서 뒤지지 않기 위해 더러 더러 메모를 해나갔다. 말마다 화사한 혁명의 꽃이 피었고, 깃발이 나부꼈다. 나는 체 게바라(Che Guevara)가 암살령을 피해 동지이자 아내인 일다 가데와 함께 멕시코로 망명하는 장면에 단박에 꽂혔다. 나는 그녀와 함께 어디론가 망명길에 오르는 상상까지 했다. 혁명 동지 그녀를 위해서라면 나는 이 세상 어떤 가시밭길도 함께 할 수 있을 것만 같았다.

거리는 눈부신 봄 햇살이 봄비 끝에 와르르 무너져 내리는 벚꽃을 화사하게 조명하고 있었다. 약속장소 훼드라에 갈 때 나는 그녀를 멕시코에 남겨두고 말을 타고 쿠바로 향하는 혁명가가 되어 있었다. 1959년 1월 1일 독재자 풀헨시오 바티스타가 도미니카 공화국으로 망명하고, 1월 8일 피델 카스트로가 아바나에 입성함으로써 쿠바 혁명이 완성되었듯, 그녀와 나는 어느새 환상 속에서 혁명을 완수한 영웅이 되어 있었다.

내가 주점 훼드라에 들어섰을 때 안에서 터져 나오는 왁자지껄한 소리에 떠밀려 주춤했다. 나는 주점 입구에서 이동식 동그란 의자를 끌어다 엉덩이를 걸치고 앉았다. 창밖으로 이어진 광장에서 함성이 일면서 데모대와 전투경찰의 밀고 당기는 싸움이 전개되었다. 그녀가 데모대를 가멸차게 주도하며, 눈앞에는 바야흐로 혁명의 폭풍전야였다. 이때 누군가가 자리에서 벌떡 일어나 주먹 팔을 불끈 들어 운동가를 선창했고, 모두 일어나 팔을 뻗치며 합창했다.

“사랑도 명예도 이름도 남김없이/ 한평생 나가자

던 뜨거운 맹세/ 동지는 간데없고 깃발만 나부껴/ 새날이 올 때까지 흔들리지 말자….”

노래 끝에 구호가 이어졌다.

“파쇼 정권 물러가라! 광주학살 살인 정권 물러가라! 민주주의 만세!”

이때 등 뒤에서 그녀가 내 어깨를 툭 쳤다.

“왔네.”

그녀의 얼굴은 밖에서 구호를 선창하다가 나타난 듯 상기되어 있었다. 미래에 대한 전망과 신념이 서린 그녀의 얼굴은 체 게바라의 연인 가데처럼 예뻤다.

“지금 우리의 투쟁이 계획대로 하나씩 진행되어 가고 있어.”

신입생인 그녀가 벌써 노련한 시위대 지도자처럼 보였다.

“전사가 다 된 것 같아!”

“광주 투쟁 경험 덕분에 정말 투사 대접이여. 내

게는 과한 대접이지만, 투쟁으로 보답해야겠지."

"대단해. 날더러 여기에 끼어들라는 것이여?"

"당연하지. 지금은 길거리에 구르는 나뭇잎 한 장도 무기로 들고 나서야 할 판에."

"난 아직 준비가 안 되었어."

좀 전까지 체 게바라가 되었던 내가 그녀 앞에서는 벌건 대낮에 시든 야채가 되어버렸다.

"당장 행동에 나서면 그만이지 무슨 준비여."

그녀의 가냘픈 몸에 예쁜 투사의 모습이 너무나 매력적이었다. 지난해, 5.18 시기에 휴교령이 내려졌을 때 나는 다락방에 숨어 있었고, 그녀는 광주의 한 복판에 있었으니까. 스산한 죽음들의 구덩이에서 살아 돌아온 그녀가 오열하면서 내게 말했다.

"이제 앞으로 어떻게 살아야 할지, 우리의 앞길이 정해졌다."

그녀는 나를 끌어들여서 우리라고 했지만, 예나 지금이나 나는 한번도 진지하지 못했다. 더 엄격하게 말하면 내가 이렇게라도 하지 않으면 그녀를 빼

앗길 것 같아서인지도 모른다.

“지금, 나 지명수배자가 돼서 짭새가 따라붙었어. 여기를 빠져나가야 혀.”

그녀가 갑자기 잔뜩 겁이 든 눈을 번뜩이며 나직이 말했다.

“곧 세상이 깜짝 놀랄 엄청난 사건이 벌어질 것이다. 한동안 나를 못 보게 될지도 몰라.”

“못 보다니, 그게 무슨 말이여?”

“더 알려고 하지 마! 다쳐!”

그녀가 자리에서 일어나 나를 화장실 쪽으로 잡아끌었다. 그녀가 나를 화장실 안으로 끌어들이더니 나를 껴안고 키스를 퍼부었다. 얼떨결에 나도 그녀를 끌어안았고, 언제부터 내가 주도하여 그녀의 부드러운 혀와 입술을 지배했다. 뜨거운 기운에 들떠 그녀가 말했다.

“사랑해!”

“나도!”

나도 신음 속에서 틈이 날 때 짧고 다급해져서 말했다. 그런데 그 시절 그 나이에도 '사랑해'라고 했는지, 아니면 '좋아해'라고 했는지 기억에 뚜렷하지 않다. 어쨌거나 게릴라 성 소나기 같은 다급한 애정행위 끝에 그녀가 머리와 옷매무새를 여미며 말했다.

"나, 간다. 잘 지내."

"어디로 가는데?"

"혁명의 길이란 험난한 길이지. 길에서 또 다른 길을 만나고, 그 끝에 새로운 길을 만나겠지. 나는 진작에 동지들과 이 길을 가기로 맹세했어."

그녀가 홀연히 사라졌다. 뒤쪽에 건물을 빠져나가는 비밀 통로가 있었다. 나는 투사가 되어 펄럭이는 깃발의 땅으로 향하는 그녀에게 위엄이 느껴졌다. 그녀를 다시 만날 때까지 나도 그녀와 같은 길을 걷게 될 것 같았다.

주점이 낮술의 취기에 무르익어 노래와 구호가 넘실대고 있었다. 나는 집단 취기에 휩쓸려 나 자신

마저 잃게 될지도 모른다는 무서운 생각이 들어서 서둘러 주점을 나왔다. 자신의 의도와 다르게 나도 모르는 사이에 그녀와 같은 수배자가 된 느낌이었다.

건물을 빠져나와 몇 발 내딛었을 때였다. 내 옆으로 색안경 낀 두 사내가 따라붙었다. 형사구나. 달아나지 못하도록 바짝 달라붙었다. 인도를 넘어 도로는 데모대와 경찰이 밀썰물처럼 밀고 밀리는 중이었다. 내가 형사들을 떨쳐내는 방법은 저 데모대 안으로 뛰어드는 일이다. 이를 눈치챘는지 형사가 더 바짝 달라붙었다. 내가 앞으로 뛰쳐나가려는 순간 뒤에서 발을 걸어 넘어뜨려 나는 인도 바닥에 내동댕이쳐졌다. 아스팔트 바닥에 부딪혀 얼굴이 깨지고 코피가 터졌다. 내가 며칠간 골방에서 키워왔던 전사의 꿈이 산산조각 나기까지는 아주 짧은 시간이었다.

취조실 백열등 아래 앉았다. 형사가 내가 독파하고 밑줄 그으며 읽었던 『체 게바라 평전』을 움직일 수 없는 증거물로 내밀었다. 그녀의 활동에 대해 아는 것이 없었지만, 곁에 준비한 채찍을 휘두르기도 전에 아는 것은 물론 추측까지 다 불어버렸다. 한 발 더 나가서 입대를 자원한 뒤에 잘 생각했다는 칭송까지 들으며 풀려났다. 형사의 칭송은 신념이라곤 손톱만큼도 없는 나에 대한 조롱이었다.

며칠이 더 지나 그녀가 예고했던 '큰 사건'으로, 미문화원 점거 사건이 터졌다. 이 뉴스는 훈련소로 향하는 기차 안에서 들었다. 첫 휴가를 나왔을 때, 그녀가 어느 교도소에 갇혔다는 소식까지 들었지만, 나는 내가 불어서 벌어진 일이 아니라고 애써 위안을 삼았다. 물론 면회도 가지 않았다.

나는 그날 이후 그녀를 잊고 살았다. 나는 40여 년 동안 보통 사회의 모범생이 되어 졸업 후애 취업하고 장가들어 아들딸 낳고 살다가, 아들 딸이 시집 장가들여 제 갈 길로 떠나갔다. 우리 부부는 마치 해야 할 숙제를 마친 듯 각자 새로운 길을 가기 위해 군더더기 없이 등을 돌렸다. 생애에서 마지막 장만 모범답안지가 아니었던 셈이다.

나는 그녀의 분노에 찬 자정 문자를 끊기 위해서, 그리고 서로 큰 상처를 주지 않기 위해 어떤 답글을 써야 할지 머리에 오랫동안 무겁게 담아두고 고심했지만, 그 고민은 오래가지 않았다. 그녀와 만나서 같이 점심을 먹고, 각자 양치질하고 물기 젖은 칫솔 물을 뿌려 가방에 넣고 나서 지하 주차장으로 내려가 차 문을 열고 들어갔다. 나는 운전석에 그녀는 조수석에 앉아 살포시 껴안았다. 그녀가 키스를 넘어 젖가슴까지 격정에 휘말렸다.

"여기까지…."

손이 더 아래로 내려갈 무렵 그녀가 더 큰 문 앞에서 제어했다. 무겁게 남아 있던 전날 밤 분노의 문자도 여기쯤에서 풀어졌다. 그러면 그녀의 분노는 애정 결핍 때문이었을까.

2

내가 퇴직과 동시에 이혼하고 나서 재취업으로 들

어온 곳이 스퀘어빌딩이었다. 술집 '헤드라' 건물과 주변에 작은 건물에 들어섰던 사진관 레코드 가게가 제일 먼저 재개발되어 이 부근에서는 가장 먼저 새 건물이 들어섰다. 또 새로운 세월이 흘러 주변에 더 높은 빌딩이 솟아올라서 스퀘어빌딩은 고스란히 낮고 낡은 건물이 되었다. 오히려 지금은 건물 자체보다 땅값이 비싸져서 재개발 대상이 된 해묵은 건물이 되어 버렸다.

40여 년 세월이 더 지나 인생 황혼기에 이곳 스퀘어빌딩 옥상 방에서 그녀를 만났다. 이를 두고 운명적인 만남이라고 포장할 수도 있겠지만, 내게는 젊은 날의 부끄러움을 소환하는 만남이었다. 마지막 만남에서 그녀와 나는 급박하게 "사랑한다"라는 말을 주고받았지만, 나는 당시 그녀와의 사랑을 위해 조금도 인내하거나 헌신하지 않았다. 내가 운동권에 제대로 발을 들여놓은 적도 없으니 그렇다고 배신자는 아니었다.

그녀에게 스퀘어빌딩은 옛적 운동권 시절 향수가 밴 곳이고, 광장이 내려다보며 옛적 꿈을 더듬는 장소일 것이다. 하늘의 별들이 구멍이 뚫린 담요 속으로 들어와 혁명가 그녀를 들여다볼 것이다. 나중에 알게 된 일이었지만, 그녀가 이 옥상 방에 들어온 현실적인 배경에는 운동권 출신 건물주와 관련이 있었다. 어쩌면 그는 배신의 대가로 건물주가 되었을 것이다.

"내가 혁명에 제대로 헌신한 적은 없지만, 여기는 내 흐려져 가는 의기를 불러일으키는 장소라고 볼 수 있지."

그녀는 자신이 독신으로 살았고, '제대로 헌신한 적이 없다'고 말하는 겸손한 혁명가였다. 내가 그녀의 진정한 연인이 되기 위해서는 그녀와 비슷한 길을 걸어야 하는데, 예나 지금이나 내 주변에 혁명가의 흔적은 어디에도 없었다. 그래서 나는 그쪽 이야기만 나오면 침묵해야 했다. 그런 중에 내가 질문한 적이 있었다.

"당신에게 꾸지람 들을 말일지 모르겠지만, 지금 혁명가가 수행할 과제가 뭐지?"

나의 물음에 그녀는 조금의 망설임도 없이 바로

튀어나왔다.

“지금은 거대한 백색의 세력이 인류를 멸망의 길로 몰아가고 있어. 그런데도 광장에는 사람이 없다는 것이 문제지. 지금은 선지자가 나타나 사람들을 일깨워 광장으로 불러내야 해.”

그녀가 그쪽의 말을 할 때에는 겸손하거나 에둘러 포장하지 않고 직설했다. 선지자라고 했지만 그녀 자신이 가는 길을 말하고 있었다. 나는 그녀에게 위안이 될 말을 하고 싶었지만, 그쪽 일을 잘 모르니 말이 궁색했다. 나는 아주 오래전, 국어국문학과 시절 <소설론> 시간에 발표했던 장편소설 『광장』 독후감의 기억을 더듬어 말했다.

“기억에서 사라진 흔적, 역사의 흔적이란 넓은 바다에 이는 파도처럼 살아났다가 쉽게 사라진다. 혁명 성취의 기쁨이나 열기 또한 파도에 부서지는 거품처럼 허망하지. 시간이 지나면 뜨거웠던 혁명의 기억은 단지 옛 기억일 뿐이니까.”

내가 더듬어 낸 기억이 하필 혁명 회의론이었을까, 나는 잘 못 짚어낸 기억에 후회했다. 그러나 화를 즉시 내는 그녀가 끓어오르는 화를 다스렸는지 모르지만 조용히 말했다.

“그건 혁명론자들이 지니는 흔한 비관론이지.”

내가 무심코 꺼낸 말을 변명하듯 용기를 내어 말했다.

“그렇다고 비어 있는 광장을 근심할 필요는 없다고 봐. 때가 되면 선지자 혹은 영웅이 나타나 혁명의 기억을 일깨우고, 이끌 테니까. 이를 민중사적 전통이라고 해도 좋겠지. 여기서 선지자 혹은 영웅이란 온몸을 던져 투쟁해 왔던 혁명가가 아닐까. 그 중에 한 명이 강달순이잖아. 내가 보기에 혁명가 강달순의 영혼은 아직 투명하고 때 묻지 않았어. 나는 네 곁에 있다는 사실만으로도 송구스러울 따름이지.”

나의 좀은 장황한 말에 그녀가 낯을 조금 붉혀 말했다. 앳된 스무 살 시절 화장실에서, 처음이자 마지막 급박한 작별 키스를 하기 전에 잠깐 낯 붉힌 모습이 스쳐 갔다.

"천만에! 난 무엇도 아냐. 나는 앞선 시대를 살았던 혁명가를 존경하거나, 그들의 길을 걸으려는 사람일 뿐이지."

나는 그동안 궁금했지만 차마 그녀에게 묻지 못한 말이 있었다.

"아직 곁에 남아 있는 동지가 있을 거 아냐?"

이는 스퀘어빌딩의 건물주와 관련된 물음이었고, 그녀가 언제까지 내 곁에 있을까 가늠하기 위한 물음이기도 했다.

"없어. 다 떠났어."

그녀가 쓸쓸한 얼굴빛으로 돌아와 있었지만, 잠시 망설인 끝에 말했다.

"이 건물 주인이 옛 동지였어. 그래서 내가 이곳에 들어온 것이고… 그런데 요즘 그가 좀 이상해졌어. 이 혁명의 추억 건물을 지닌 것만으로도 혁명이라던 그가 이 건물을 헐어 새로운 빌딩을 올리겠다는 거야. 뭐 다른 걸 기대한 건 아니지만 천박한 자본가의 본성을 드러낸 셈이지."

"나는 우리의 민주주의가 투사의 희생으로 꽃피었고, 살아남은 자들의 추모로 지켜졌다고 생각해. 설령 그들이 배신했더라도 광장의 기억은 전통으로 살아남았을 테니까."

내가 그녀에게 위안의 말이라고 꺼냈지만 역시 궁색했다. 그녀는 아무 말도 하지 않았다.

그녀와의 재회는 저 밑바닥에 묻어뒀던 불씨가 살아나듯, 어쩌면 지난 40년간 미뤄뒀던 숙제를 수행하듯 예열 과정도 없이 바로 뜨거워졌다. 이는 과거를 묻어버리고, 오로지 눈에 보이는 것, 느끼는 대로 행동하기로 암묵적인 합의였을 것이다.

자정이 되자 그녀의 더 격해진 욕설 카톡 문자가 날아들었다.

"씨발 껏! 난 너의 수직적인 강요가 싫다고! 내가 너의 가족으로 돼? 개XX! 배신자 새끼!"

몸이 녹아내리는 느낌이었다. 그녀가 나의 40년

묵은 배신을 가슴에 넣어두고 있구나. 배신자라는 말이 욕설보다 더 심한 굴욕으로 느껴졌다. 그렇다면 그녀의 욕설은 일시적인 충동으로 보낸 문자가 아니다. 나는 슬그머니 열기가 뻗쳐서 이번에는 빠르게 답을 썼다.

“나는 너를 수직적으로 인식한 적이 없어. 오히려 너는 예나 지금이나 내게 소중한 선생님이었잖아. 어찌 수직적일 수 있겠어?”

나는 문자를 화면에 띄워놓고 이 말이 분노한 그녀를 진정시킬 수 있을까 잠시 망설였다. 이때, 그녀로부터 하늘색 동영상 주소가 빼곡한 카톡이 왔다. 그 아래에는 아프리카 사자의 짐승사냥 이미지가 떠 있었다. 무슨 의도로 보냈는지 확인하기 위해 일단 써놓은 문자 창을 아래로 내리고 창을 클릭했다.

아프리카 광활한 초원이 펼쳐지고, 뜨거운 햇볕과 황량한 벌판이 빠르게 교차했다. 역동적인 숲의 동물들이 빠르게 나타났다가 사라졌다. 생동감이 넘치는 아프리카 풍경 위로 해설이 깔린다.

- 5월이면 메말랐던 아프리가 초원에 우기가 시작된다. 초원에 천둥과 비바람이 훑고 지나가면 대지는 생명의 함성이 넘쳐난다. 모든 동물은 오로지 물을 얻기 위해 본능이 작동한다. 초원에 풀이 자라면 얼룩말을 비롯한 누, 임팔라, 원숭이, 기린 등 모든 동물이 거대한 무리를 지어 초원으로 돌아온다. 우기는 상위 포식자 사자 호랑이 표범 하이에나 매에게는 사냥감이 넘쳐나니 초원은 모든 동물에게 풍성한 밥상이다. 이는 아이러니하게도 생명의 땅에서 동물들의 싸움이 시작된다는 뜻이기도 하다.

나무 아래에 상위 포식자 사자 떼가 한가로이 거닐거나 누웠다. 이미 수사자를 평정한 암사자가 하품 끝에 날카로운 이빨이 빛을 내며 나타났나가 사라졌다. 암사자의 눈길이 강과 습지를 건너오는 동물 떼에 꽂힌다. 암사자가 원숭이를 향해 돌진하여 원숭이의 목을 덥석 물자 사자 떼가 일제히 달려나가 원숭이를 물어뜯으니, 초원은 금세 살벌한 피비린내의 현장이 돼버린다. 그러나 승자의 기쁨도 잠깐, 이번에는 하이에나 떼가 나타났다.

- 초원의 포식자들은 멀리서도 피 냄새를 맡고 달려오니, 야생에서 동물들은 먹이를 최대한 빨리 먹어 치워야 한다.

수십 마리의 하이에나 떼가 치고 빠지는 빼어난 전술로 식사 중인 사자 떼에 덤벼들었다. 암사자가 급소인 생식기를 물어뜯겼다. 암사자가 먹이를 포기하고 물어뜯긴 생식기 때문에 빠져나온 내장을 덜렁거리며 달아나지만 하이에나 떼의 공격으로 몸이 무참하게 찢겼다.

- 야생에서는 절대 강자가 없다. 초원을 지배하던 암사자는 생식기 때문에 목숨을 잃었다. 아! 슬픈 생식기!

이번에는 영상이 집단에서 개별 이야기로 옮겨 갔다. 어미 사자가 누웠고, 새끼는 어미젖을 먹으면서 죽어갔다. 어미는 죽은 새끼를 버리고 쓸쓸히 멀어져간다. 이 영상에 슬픈 서사가 깔린다.

- 지난밤, 사자 모자가 무사하지 못했다. 아프리카의 들개 리카온 무리의 습격을 받아 방어에 성공했지만, 새끼 사자의 허리가 부러지고 뒷다리를 다치는 치명상을 입었다. 새끼는 초원에서 더 이상 살아남을 수 없다.

영상의 큰 주제는 아프리카의 자연이겠지만, 좁혀 보면 야생에서는 어느 절대적인 포식자가 없다는 뜻일까. 그녀가 보내준 동물의 왕국 영상이 그녀의 자정 분노와 무슨 연관이 있을까. 자신이 하이에나의 공격을 받아 생식기 때문에 죽어간 암사자의 처지라는 뜻일까. 냉정한 현실 인식과 행동을 앞세우는 혁명가들에게 정글의 법칙은 나약한 운명론에 지나지 않는다.

나는 카톡 문자 창으로 돌아와 작성했던 문자를 지워버렸다. 그녀가 아프리카 동물의 왕국 영상을 보낸 이유를 곰곰이 짚어 보았지만, 아프리카 초원에서 벌어진 잔혹한 싸움 장면만 눈앞에 아른거렸다. 영상의 주제와 상관없이 머릿속에서 몇 마디 영상 언어가 불쑥불쑥 되살아났다.

-이 땅에 모든 생물은 오로지 종족 번식을 위한 전략으로 진화를 거듭해 왔다. 문어 거미 사마귀는 종족 번식을 위한 전략으로 짝짓기 중에 수컷을 잡아먹어 2세를 위한 영양을 보충한다.

-동물의 교미는 생명의 위협을 느낄 때 특별하게 생존의 본능이 작동한다.

-종족 번식에 위협을 받으면 때로는 변이가 일어나 수컷이 암컷의 잉태를 대신하기도 한다.

3

스퀘어빌딩으로 들어섰다. 전날 밤 그녀의 문자가 머릿속에 떠돌아서 마음이 무거웠다. 좁은 네모 상자 안에 앉았던 경비원 안 씨와 눈이 잠깐 마주쳤지만, 그가 먼저 슬그머니 눈을 돌리는 바람에 앞을 지나쳐 엘리베이터를 탔다. 순간이었지만, 무슨 일인지 안 씨가 내 시선을 피한다는 느낌이 들었다. 다른 날에는 엘리베이터까지 쫓아와 인사를 했으니까. 막연한 연결이지만 안 씨의 변화는 옥상 방에 거주하는 그녀와 관련이 있을 것 같았다.

점심시간이 되어 지하 식당으로 내려가자, 그녀가 앉아 있었다. 뜻밖에 표정이 밝았다. 어젯밤 분노에 찬 욕설 문자의 흔적 따위는 어디에도 없었다.

점심을 먹고 나서 각자 남녀 화장실에서 양치질하고 지하 주차장에서 차를 탈 때까지 그녀는 여전히 밝은 표정이었다. 이곳의 낮 지하 주차장은 빈번하게 드나드는 방문자들의 차가 아니라 상가 입주자들의 차들이 주차되어 다른 사람의 이목을 전혀 의식할 필요가 없는 곳이었다. 그래, 남자가 되어서 지난밤 욕설 문자를 머리에 담아두는 것은 병뚜껑 속이다. 내가 그녀의 얼굴을 당기자 가벼운 몸이 무너지듯 안겨 왔다. 오늘은 격정에 휘말려 그녀의 젖가슴을 풀어 헤치고 손이 아래로 내려가도록 제어하지 않았다. 나는 조수석으로 건너가 의자를 뒤로 눕히고 그녀의 온몸을 품에 넣었다. 허리를 감은 손끝에

서 그녀의 가녀린 어깨에서 뼈 기운이 느껴져 와락 연민이 솟구쳤다. 아! 연약한 투사.

"사랑해!"

뜨거운 기운에 휩쓸려 치마 속의 속옷을 서둘러 벗겨내고, 나는 바지를 내렸다.

"나도."

이 시간에 말이 길면 사랑의 시간이 그만큼 짧아진다. 우리는 말을 아껴 오로지 몸의 일에 열중했다. 몇 차례의 관계가 이루어지는 동안 그녀는 한 번도 이르지 못했던 절정까지 도달했다.

우리는 뜨거운 시간 끝에 태초의 아담과 이브의 부끄러움에 휩싸여 휴지를 찾아 서둘러 몸을 수습하고 옷을 찾아 입었다. 옷매무새를 고치고 마지막으로 머리를 추슬러 각자 사무실로 가기 위해 차 문을 열고 나섰다.

내가 사무실로 향할 때, 그녀가 나를 돌려세워 말했다.

"오늘, 나, 자기 집구경 가도 돼?"

그녀의 열기 섞인 물음에 나는 잠시 놀라서 멍하니 섰나가 물었다.

“왜? 무슨 일 있어?”

“대답만 해.”

흰 목덜미를 감은 푸른 스카프의 좁은 틈으로 열정의 흔적인 붉은 점이 살짝 찍혀 있었다.

“물론이지.”

“이따 퇴근 시간에 차로 올게.”

“알았어.”

오후 내내 열기에 휘감긴 그녀의 모습이 머릿속에 맴돌았다. 그녀가 내 집에 온다는 말은 내가 내심 기다려왔던 말이긴 했지만 살짝 불길한 예감이 엄습했다.

차가 아파트 지하 주차장으로 들어서자, 그녀의 얼굴에 잠시 긴장감이 서리기 시작하면서 침대의 정사를 떠올리면서 설렜던 상상이 순식간에 달아났다.

그동안 나는 폐소공포증의 그녀를 나름 맞이할 준비를 해왔다. 거실에는 이동식 둥근 의자 두 개만 놓아 공간을 시원하게 비워뒀다. 어디서나 밖이 내다보이도록 통유리창으로 개조하여 도시 건물과 먼 산 먼 하늘까지 눈에 들어오도록 했다. 그녀에게 좁은 방은 감옥과 같으므로 아예 문을 모두 떼어버리고 모든 벽을 허물어버렸다.

"자, 여기서도 광장이 내려다보이지? 그래서 주말이면 확성기와 왁자지껄한 사람의 함성이 넘실댈 거고."

나는 준비해 둔 약을 팔 듯이, 그녀에게 공을 들여 말을 이어갔다. 나는 그녀가 이 공간에서 그녀 몸 깊이 뿌리내려 있는 폐소공포증이 치유될 수 있기를 기대했다.

그녀의 반응은 싸늘했다. 그녀는 아파트를 나와서 스퀘어빌딩 그녀의 옥상 방으로 이동할 때까지 어떤 말도 하지 않았다.

우리는 광장이 내다보이는 옥상에 들어섰다. 여기는 그녀의 젊은 날의 열정과 꿈이 서린 공간이었다.

광장이 내다보이는 앞쪽을 빼고 세 방향에는 고요한 어둠이 자리 잡고 있었다. 나는 하늘을 올려다보았다. 은하수 바다를 떠돌던 하얀 별 밭이 펼쳐져 있었다. 이때 어느 혜성 하나가 길게 꼬리를 끌며 하늘 한복판을 가로지르고 있었다. 이는 나만의 환상이었을까, 아니면 그녀도 보았을까.

내가 격정에 휩싸여 그녀를 향해 말했다.

“우리 함께 살면 안 될까?”

그녀는 대답 대신 나를 물끄러미 바라보다가, 눈에 눈물이 고이나 싶더니 “으흐흐!” 울음을 터트리며 내 품으로 들어왔다. 오랫동안 몸 안에 가득 차 있던 슬픔이 봇물 터지듯 터져 나온 울음이었다. 울음 끝에 그녀가 말했다.

“나, 언제 다시 끌려들어 갈지 몰라. 이제 나에게 네모 칸은 너무나 끔찍해!”

그녀가 폐소공포증이 아니라 언제 다시 끌려갈지 모르는 공포에 시달리고 있었다. 그래서 그녀는 공포 무게만큼의 낭만과 환상을 꿈꿔온 것이다.

"나, 더 말하지 않을게. 그냥 편하게 살고 싶은 대로 살아."

그 말 끝에, 우리의 삶이 곧 파국이 올 거라는 예감이 무겁게 다가왔다.

그녀와 나는 별꽃이 내려앉은 어둠을 지나 광장이 내려다보이는 옥상 끝으로 걸어갔다. 배꼽 높이로 높여놓은 자살 방지턱 너머로 어둠에 잠긴 광장이 내려다보였다. 그녀가 나의 얼굴을 말없이 끌어당겨 키스를 퍼부었다. 그녀에게 바통을 이어받듯이, 나는 그녀의 몸속으로 깊이 빨려 들어갔다.

그날 밤 자정이 되자 그녀의 욕설 문자가 다시 시작되었다. 마치 좀 전에 누렸던 애정 행위에 대한 대가처럼, 한층 톤이 더 높아진 욕설 문자였다. 나는 분노에 휘말려 스마트폰의 목을 길게 눌러 스마트폰을 죽여버렸다.

4

아침에 스마트폰을 켜자, 지난밤에 수없이 쌓인 그녀의 욕설 문자가 재생되느라 한참 동안 카톡의 비명이 이어졌다.

오늘은 특별히 문자가 많아서 왜인지 그녀에게서 전화가 걸려 올지도 모른다는 예감이 들었다. 그러나 예감과 달리 점심시간이 되도록 카톡 문자도 전화도 없었다.

점심시간이 반쯤 지나서 나는 어긋난 예감에 슬그머니 화가 나서 사무실을 나섰다. 다른 날이었다면 지금 쯤은 지하 주차장 차 안에서 포옹을 나눌 시간이었다.

1층 엘리베이터에서 내리자 안 씨와 눈이 마주쳤다. 전날처럼 외면하기에는 늦어버렸다. 안 씨가 잠시 당황스러운 표정을 지었다.

"사장님, 안녕하세요?"

안 씨에게는 모든 사람이 사장님이었다. 말끝에

안 씨가 어색한 미소를 지어 보였다. 내가 안 씨에게 슬쩍 손짓한 뒤에 엘리베이터 영역을 벗어나 한갓진 복도 쪽으로 걸어가 돌아섰다.

"옥상 방에 무슨 일 있어요?"

내가 거두절미하고 그녀의 소식을 물었다. 이는 안 씨가 나와 그녀의 사이를 알고 있을 거라는 전제에서 나온 물음이었다.

"그게 아니라…"

안 씨가 잠시 주저하다가, 내 굳은 표정을 보더니 말을 이었다.

"저는 관리 소장님이 시키시는 대로 옥상 방을 빼달라는 말을 여사장님께 전해드린 것뿐입니다."

그랬구나. 어제 그녀가 갑자기 내 집을 구경한 이유가 분명해졌다. 소장 뒤에는 같은 운동권 출신이라는 건물주가 있었다.

"언제요?"

"어제 아침에요"

내가 모르는 사이에 그녀 주변에 급박한 상황이 전개되고 있었다.

엄밀하게 따지면 옥상 방은 불법 시설물이다. 상가 번영회에서 천정에 상하수도 온 난방 가스 등 여러 배관이 관통하는 곳에 방을 들였다. 처음에는 건물 청소부들이 잠시 휴식 용도로 들였던 방인데, 어느 때 옥상이 청소년들의 문란한 행위나 자살 장소로 알려지면서 옥상 출입구 폐쇄로 선회했다. 그러나 완전 폐쇄도 문제가 있어서 3층에 들어와 있던 개척교회 목사가 기도처 겸 청소년 선도 용도 사무실로 쓰면서 좀 나은 주거 공간으로 개선되었다. 그런데 최근에 개척교회가 새 성전을 지어 나가면서 그녀에게 사용권이 넘어온 것이다. 자세한 내막은 잘 모르지만, 일정 금액의 관리비를 부과하는 합법적인 공간이 되었다. 그녀에게는 이 공간은 운동권 시절에 드나들던 향수가 서린 곳이고, 폐소공포증을 앓는 그녀에게 맞춤한 공간이었다. 물론 그녀의 옛 동지 건물주의 조력이 작동했을 것이다. 방을 빼라는 결정도 마찬가지였을 것이다.

그녀가 옥상 방을 비우겠다고 마음을 먹고 내 집을 찾았을 것이다.

식당에 들어섰지만, 그녀가 앉을법한 자리에 그녀가 없었다. 그러면 그녀가 옥상 방과 내 집 대신할 새로운 방을 찾아 나섰을까. 이제 시간을 두고 그녀를 지켜보기로 마음먹었다.

점심을 먹으면서, 그리고 사무실로 돌아오면서 연신 스마트폰 카톡이나 문자를 열어 보았지만 읽지 않은 숫자 표시가 떠 있을 뿐이었다. 욕설도 좋으니 그녀로부터 문자를 받고 싶었다.

5

종일토록 머릿속에 회오리바람이 이는 중에 퇴근 시간이 되었다. 그녀의 신변에 뭔가 큰 변화가 있을 것 같았다.

퇴근하기 위해 신발을 갈아신고 사무실을 나설 때 겁에 질린 안 씨가 쫓아왔다.

"사장님, 큰일났어요! 여사장님 방이 압수수색에 들어갔어요."

"언제요?"

"옥상 방에 있는 물건들을 모두 가져갔어요! 빨갱이 은신처래요."

그렇다면 그녀는 옛적 '훼드라'에서처럼 몸을 빼어 자취를 감췄을 것이다. 그러나 이도 잠깐이고, 내게 닥쳐올 후폭풍에 대한 두려움이 다가왔다. 기관에서는 이미 통화 정보까지 입수했을 것이다. 현재 정보기관이 통신 상태를 추적했다면, 그녀와 나는 멀어진 사이가 된다. 그렇다면 그녀가 자정의 분노에서 쏟아낸 욕설 문자는 나를 보호하기 위해서였을까.

나는 그녀의 신변에 대해 비극적인 상상보다 낭만적인 상상을 전개하고 있었다. 그녀는 산전수전 다 겪어온 노련한 혁명가가 아닌가. 배신한 동지의 움직임에 미리 대처했을 것이다. 그녀는 세상 만물이 잠든 새벽의 문을 열고, 잠이 덜 깬 도시에서 탈출했을 것이다. 지난 40여 년 동안 이런 역경을 노련하게 헤쳐왔으니까. 날렵하게 오른 정상에서 산 첩첩 물 겹겹의 산하를 굽어보는 승자의 모습이 눈앞에 아른거렸다.

어느 순간, 꿈결처럼 그녀의 뜨거운 몸기운이 느껴지면서 내 자궁 속으로 뜨거운 기운이 흘러들어왔다. 종족 번식 본능에 따라 그녀는 내 몸에 혁명가를 잉태시켰을까. 갑자기 속이 매스껍고 헛구역질이 올라왔다.

지금은 곁에 서 있는 안 씨가 유일하게 우리 편 같았다.

"사장님, 걱정하시지 마세요. 여사장님께서는 벌써 다 대비하셨을 테니까요."

안 씨도 나처럼 그녀에 대해 낙관적인 상상을 했을까. 좀 전까지 얼굴에 서렸던 긴장감이 가셔지고 입가에 엷은 미소까지 번지고 있었다.

"옥상 방 좀 볼 수 있을까요?"

"네. 지금은 압수수색을 나왔던 사람들 다 돌아갔어요."

안 씨가 앞장서서 엘리베이터를 향해 걸어갔다.

스퀘어빌딩 옥상은 환한 도시의 불빛이 출렁대는 빛의 섬이었다. 도심 건물 사방에서 뿜어대는 황홀한 빛이 흘러들어 마치 보석처럼 빛나고 있었다.

그녀가 구축해 놓았던 노아의 방죽은 철저하게 파괴되어 각종 배관과 선들이 마치 흉측한 내장처럼 드러나 있었다. 그녀는 자신의 방에 별난 의미를 부여해 놓고 있었다. 인류가 수억 년의 시간 속에서 진화를 거듭하여 동굴을 벗어나 광장으로 나왔다. 그러나 언제부터인가 인류는 온전하지 못한 신자유주의와 기계의 노예가 되었고, 차츰 옛 광장을 잊어서 더 이상 진화를 멈췄다. 멸망을 예감한 그녀는 옥상 방에 자신만의 노아의 방죽을 구축한 것이다.

“저는 좀 더 있다가 내려갈 테니 먼저 내려가시지요.”

“그러세요. 그냥 문을 닫고 내려오시면 저절로 잠기게 되어 있어요.”

안 씨가 옥상에서 내려갔다.

나는 이곳을 떠난 그녀를 음미하고 싶었다. 그녀가 구축한 노아의 방주 속에 앉아 있으니 어느 순간에 머릿속을 떠돌던 온갖 잡념이 사라지고 고요가 자리 잡았다. 어쩌면 그녀는 지금 보이지 않는 옥상 어디에서 나를 내려다보고 있을지도 모른다. 그렇다면 허물어진 노아의 방죽에 그녀와 나 둘만 남은 셈이다. 그러나 건물 사방에서 쏟아내는 불빛만 출렁댈 뿐, 그녀는 나타나지 않았다.

6

다음 날 아침이었다. 네모 상자에 안 씨는 없고, 대신 건물 밖 광장에 사람들이 웅성대는 소리와 푸르고 붉은 경광등이 번뜩이고 있었다. 내가 건물과 연결된 광장으로 나갔을 때 안 씨가 내게 다가와 울먹였다.

"여사장님이에요! 건물 옥상에서 떨어졌어요."

그녀의 시신이 얹힌 바퀴 달린 들것이 앰뷸런스에

실리기 직전이었다. 나는 그녀를 확인하려고 앰뷸런스 뒷문으로 달려갔다. 여기저기서 플래시가 정신없이 터졌다.

“잠깐만요!”

뒷문이 닫히기 전에 내가 플래시 빛을 헤치고 다가섰다.

“마지막으로 얼굴을 봐야겠어요!”

푸른 마스크를 쓴 남자가 내게 물었다.

“고인과 어떤 관계요?”

나는 뭐라고 대답해야 좋을지 잠깐 망설이다 말했다.

“그녀의 아내요.”

남편이 아니라, 아내라고? 그러나 푸른 마스크 사내가 안경을 쓴 상관에게 눈짓으로 물었다. 상관이 잠시 주저하다가 곧 고개를 끄덕였다. 앰뷸런스 안으로 들이밀었던 들것을 밖으로 끌어내어 덮고 있던 시트를 조금 걷어 보였다.

"아!"

내 입에서 신음이 흘러나왔다. 명멸하는 경광등 조명 아래 머리는 깨져 윤곽조차 없었고, 목에 둘렀던 피에 젖은 하늘색 스카프와 머리카락, 동전 크기로 남은 흰 목덜미에서 그녀의 자취를 찾았다.

앰뷸런스가 경광등의 명멸과 비상음을 내며 아득하게 사라지고, 현장 보존용 금줄이 둘러섰다. 금줄 안에 흥건하게 고인 검붉은 피 위로 찬란한 빛이 너울너울 쏟아져 화려한 꽃밭을 이루고 있었다. 이마저 곧 흔적 없이 사라질 것이다.

갑자기 속이 메스껍고 헛구역질이 올라왔다. 나는 그녀의 아이를 잉태한 것이다.

(*)

난쟁이 마을 이야기

새벽부터 장대비가 내리꽂히기 시작했다.

푸른 새벽 기운이 걷히면서 빨랫줄에 걸린 누나의 빨간 원피스가 서서히 모습을 드러냈다. 마치 구천을 헤매던 혼이 빗속에서 환생하듯.

원피스는 누나가 집을 나가던 날부터 걸려 있었고, 그날부터 장마가 시작되어 빨랫줄에 걸린 채 젖고 마르기를 거듭했다. 형과 나는 누나의 무사 귀환을 기원하는 의식처럼 원피스를 내버려두었다.

형이 밤새 굳게 닫혔던 방에서 나왔다. 수돗물에 컵라면 국물을 흘려보내고 있을 때, 난쟁이 마을 스피커가 윙윙대기 시작했다. 이 후진 난쟁이 마을에 저런 시설도 있었나? 형이 중얼거렸다. 오래 죽어있던 스피커에서 나오는 말이 빗소리에 섞여서 말을 알아듣기도 어려웠다. 그런 중에 '여자' '연고자'라는 희미한 말 조각이 간신히 귀에 들어왔다.

"누나 아녀?"

어떤 예감에 내 입에서 신음 같은 말이 새어 흘러나왔다. 누나가 죽다니! 눈앞이 캄캄해졌고, 다리에 힘이 빠져나갔다. '여자'라는 말이 누나임을 확신시켜 줬다. 늘 화를 꿰차고 사는 형이 버럭 성을 내어 말했다.

"빛의 속도네! 지금 인터넷 검색창에 '난쟁이 마을 여성 시신 사건'으로 난리다. 그래도 누나는 아니다! 절대로!"

형이 힘주어 말했다. 형과 나는 누나가 아닌 것을 확인하기 위해 장대비를 뚫고 집을 나섰다. 빗속에서 마을 방송이 계속 윙윙댔다. 내가 형의 뒤를 따라 뛰면서 물었다.

"어디래?"

"난쟁이 마을과 양짓말 경계란다."

앞에서 뛰어가며 형이 말했다. 난쟁이 마을 한가운데를 관통하는 도랑물이 비가 안 오면 검은빛으로 악취를 풍겼지만, 오랜 장맛비에 다 쓸려 내려가고 흙탕물이 도도한 기세로 내달렸다. 발작하듯 빗방울이 굵어졌다.

난쟁이 마을과 양짓말의 경계에 우산을 받쳐 든 사람들이 모여 있었다. 사람들이 입으로는 세상은 경계가 없이 두루 평등하다고 말하면서도 현실에는 이런 경계가 엄연히 존재하는 것은 역설이다. 현실에 양짓말 쪽에는 흰 얼굴이, 난쟁이 마을 쪽에는 검은 얼굴이 구별되어 살고 있지 않은가. 애초에는 키도 얼굴색도 같았지만 진화하지 못해서 음짓말이라는 원래 이름을 버리고 난쟁이 마을로 불렸다. 두 마을 사람들이 서로 소통할 일이 없었는데, 오늘은

'난쟁이 마을 여성 시신 사건'으로 만난 것이다.

"꼭대기 집 애들이다!"

난쟁이 마을의 사내가 우리를 먼저 알아봤고, 모든 사람의 눈길이 일제히 우리를 향했다. 난쟁이 마을 사람들은 우리를 '갈보네 집'이라고 불렀으며, 벌써 '갈보 시신'이라고 결론을 내려놓은 듯했다. 나는 눈앞이 캄캄해졌고, "어흥…" 울음이 비집고 나왔다.

형과 나는 사람들이 비켜서 터 준 길을 따라 천천히 걸음을 옮겼다. 경찰이 주황색 폴리스라인을 쳐 놓았고, 그 너머에 여자의 시신이 난쟁이 마을과 보통 사람들의 마을 경계 턱에 걸려 있었다. 누나처럼 작은 몸에 검붉은 원피스였다. 빨강색이 물에 젖으면 검붉은 색이 되었다.

"아!"

내 입에서 안도의 탄성이 흘러나왔다. 형도 나와 같은 이유로 뱉은 탄성이었을 것이다.

"누나 아니에요!"

형이 담담하게, 그러나 분명하게 말했다.

"단디 봐라!"

등 뒤에서 난쟁이 마을의 사내가 말했다. 이때 후드득! 대추알 같은 비가 한바탕 두들기고 지나갔다. 형이 빗속에서 자신 있게 말했다.

"우리 누나의 빨간색 원피스가 지금 빨랫줄에 걸려 있거든요."

형의 말이 워낙 실증적이어서인지 사람들은 슬그머니 화제를 옮겼다.

"원래 사람은 머리가 중헌 디, 머리가 양짓말 쪽으로 넘어가 있응께 양짓말 사건으로 가야제 어째서 난쟁이 마을 사건이여?"

난쟁이 마을의 어눌한 사내의 말이 끝나기가 무섭게 새침데기 여자가 앙칼지게 말했다.

"뭐라고요? 우리 양짓말 집값이 내려가면 당신이 책임질 거예요? 지금 인터넷에 '난쟁이 마을의 여성 시신 사건'이라고 떠돌아다니는데, 언론에서 어련히 알아서 이름을 붙였겠어요? 그냥 '난쟁이 마을의 여성 시신 사건'이라고 해요."

그녀의 말은 판결문같이 위엄이 있었다. 그제야 나는 구경나온 사람들이 양짓말 흰 얼굴과 난쟁이 마을의 검은 얼굴 두 패로 경계를 지어 섰다는 사실을 알았다. 그리고 좀 떨어져서 사진을 찍거나 영상을 촬영하는 회색빛 얼굴의 사람들이 눈에 들어왔다. 빗속에서도 모두 취재에 열중이어서 사건의 비중을 실감했다. 그런데, 가만 보니 취재진의 낯빛이 어느새 흰색으로 바뀌어 있었다.

"맞아요. 흉측한 난쟁이 마을의 사건을 양짓말로 떠넘기지 말아요."

이렇게 되어 자연 '난쟁이 마을의 여성 시신 사건'으로 확정되었다. 목적을 이룬 양짓말 흰 사람들이 먼저 각자 타고 온 차에 올라 빠르게 흩어졌고, 난쟁이 마을의 검은 사람들은 패배자들처럼 기웃거리다 하나둘 사건 현장을 떠나기 시작했다.

이때 노란 우비를 입은 기자가 우리를 향해 다가왔다.

“사람들이 모두 꼭대기 집 여자라고 말했는데, 진짜 시신의 연고자가 아닌가요?”

“씨발! 아니라고 했잖아! 몇 번 말해야 알아듣냐고?”

늘 화가 나 있는 형이 대뜸 욕설을 섞어 내뱉었다. 기자가 무슨 말을 이으려다 화가 난 형을 피해 내게 눈길을 돌렸지만 나도 얼른 눈길을 피했다.

빗줄기가 다시 굵어졌고, 도랑물도 더욱 세차게 흘렀다. 이때 턱에 걸려 있던 붉은 시신이 갑자기 거세진 물살에 덜컥, 경계를 넘어 시야에서 사라져 버렸다. 경계 턱을 넘은 시신이 복개된 시멘트 검은 아가리로 속으로 자취를 감췄다.

“시신이 사라졌다!”

우주복에 장화를 신은 감식반원들이 당황하여 철버덕거리며 경계 턱을 향해 달려갔다. 시신을 싣고 갈 구급차가 도착했지만, 시신이 사라졌으니 감식반원들이 뜻하지 않은 사태에 난감한 표정을 지었다. 기자들과 촬영팀 대부분이 철수한 뒤였는데, 좀 전에 우리에게 다가왔던 노란 우비 기자가 감식반원에게 다가갔다.

"신원 파악은 됐나요? 현장 보존보다, 사체 유실을 먼저 막아야 하지 않았나요?"

노란 우비가 따지고 들자 감식반원은 당황하여 서로 눈치를 보는 중에 한 감식반원이 총대를 메고 나섰다.

"검은 얼굴색으로 보아 20대 젊은 여성의 난쟁이 마을 사람으로 추정하는 정도입니다."

"시신은 원래 검지 않나요? 지문 채취나 신상은 확보했나요?"

"현장을 보존하느라 못했죠. 이렇게 물이 갑자기 불어날 줄 누가 알았나요? 이것도 말하자면 자연재해인 셈이지요."

감식반원이 노란 우비에게 애써 변명했지만, 역시 곤혹스러운 표정이었다.

"유실된 사신을 위해 앞으로 어떤 조치를 할 건가요?"

"글쎄요. 한강 통제소에 연락은 해보겠지만, 장마철이라 유실된 시체가 인양될 확률은 거의 제로에 가깝다고 봐야겠지요."

나와 형은 비에 흠뻑 젖어 집으로 돌아왔다. 쪽문을 열고 집으로 들어섰을 때 먼저 눈에 들어온 것이 비에 젖은 누나의 빨간색 원피스였다. 형이 성을 내어 말했다.

"또라이 새끼들! 난쟁이 마을 새끼들은 뭘 근거로 누나라고 하냐고? 하루빨리 이 더러운 마을을 떠야지."

내가 아는 한 세상은 모두 양짓말을 중심으로 돌아갔다. 양짓말 사람들이 하얀 햇빛을 받아서 세련되게 살아가니 점차 흰 얼굴로 진화했고, 난쟁이 마을 사람들은 어두운 곳에서 근심으로 살아가니 검은 얼굴로 퇴화했다. 내 이런 추측이 맞았을까? 나는 인터넷을 검색했는데, 이를 신진화론(新進化論)으로 설명하고 있었다. 신진화론은 20세기에 문화 발전을 진화론적 관점에서 설명하는 문화 이론으로, 미국

스튜어드(J.H.Steward)가 대표적인 학자이다. 그는 일반진화론자들이 무시했던 문화 환경의 변수를 크게 강조하고 있는데, 문화 이론이 희고 검은 얼굴색 형성에 크게 영향을 끼친다고 설명했다. 누군가가 경계에서 아름다운 꽃이 피어난다고 했지만, 신진화론에서는 경계의 존재에 대해서는 언급하지 않는다. 진화가 경계의 벽을 더욱 공고하게 구축하기 때문이다.

내가 아는 한 이 문화 이론은 현재 진행형이다. 지하철 종점인 양짓말역에서 나온 흰 얼굴의 사람들이 햇살이 골고루 비치는 아파트로 들어가 버리고, 난쟁이 마을 사람들은 마을버스에 오른다. 종점에 도착한 열차는 난쟁이 마을의 땅속을 지나 기지창으로 들어간다. 난쟁이 마을에 역을 만들어달라고 민원을 냈지만, 여러 이유를 들어 역을 설치하지 않았다. 예컨대, '난쟁이 마을역'이 될 터인데, 요즘같이 평등한 세상에 그런 신체를 비하하는 비인권적인 역 이름이 어디 있느냐는 것이다. 그러나 속은 뻔하다. 역세권으로 재개발되면 거기서 졸부들이 나오고, 그렇게 되면 경계가 허물어지기 때문이다. 그들은 같이 잘 사는 것을 원하지 않는다.

난쟁이 마을로 들어오는 마을버스가 경계를 넘어 꽁무니에 검은 연기를 뿜어내며 가파른 언덕을 올라와 종점에다 사람들을 토해냈다. 여기서 우리 집은 언덕 하나를 더 올라간 꼭대기 집이다.

우리 남매가 난쟁이 마을 꼭대기 집으로 들어온 사연은 오직 집을 나간 누나가 잘 알고 있다. 어렴풋이 듣기로 한 때는 우리도 양짓말에 살았지만, 사업에 실패한 아버지가 먼저 자취를 감추고, 이어 어머니가 가출하는 바람에 세 남매가 남았다. 졸지에 소녀 가장이 된 누나가 꼭대기 집으로 데려왔다. 난쟁이 마을 사람들은 자기들과 우리를 구별하여 '꼭대기 집 아이들'이라고 불렀다. 누나와 형은 세상에서 제일 후진 집이라고 했지만, 나는 밤마다 별이 돋는 꼭대기 집이 좋았다.

누나와 형이 난쟁이 마을에 몸을 둔 채 늘 양짓말을 향하고 있어서 내 눈에는 두 사람 다 불안하기만 했다.

"한번 터지는 날에는 우리도 양짓말로 갈 수 있다

고!"

형이 이 말에는 늘 자신감이 넘쳤다. 사람에게는 꿈이 있어야 한다지만, 형에게 꿈이란 스스로 성나게 하고 몸을 축내는 나쁜 꿈이었다.

"일을 하라고!"

누나가 형과 나를 나무랄 때는 늘 이런 말을 했다.

"일을 하라고? 누나도 룸살롱에서 뭐 빠지게 일하지만, 나아진 게 없잖아. 이제 그런 노동은 아무런 가치도 희망도 없어. 솔직히 말해서 누나도 흙수저를 물고 나왔으니 평생 노예 신세잖아. 우리가 이 굴레에서 벗어나는 길은 한 방 터지는 길밖에 없다고!"

"뭘 안다고 주딩이 까는 거야? 나도 한 방 터지면 하루아침에 신데렐라가 된다구!"

누나와 형의 난쟁이 마을을 벗어나기 위한 몸부림은 수단과 방법에서 차이가 날 뿐이지 내가 보기에는 크게 다르지 않았다.

어느 날, 기적 같은 일이 불쑥 다가왔다. 짙은 어둠이 걷히고 푸르게 먼동이 틀 무렵이었다. 컴퓨터 앞에서 밤새워 가슴 죄며 키보드를 두들겨대던 형이 마침내 한 방을 터트렸다.

"야호! 터졌다! 한 방이 터졌다고! 이제 우리도 양짓말로 가게 됐다고!"

형이 컴퓨터와 질기게 격투한 끝에 마침내 승리한 것이다. 형이 어찌나 흥분했던지 자신이 한 말도 기억하지 못했을 것 같았다. 쌓였던 컵라면 상자도 이제 바닥이었으니 "라면이 떨어지기 전에"라는 형의 주문 같은 소망이 주효했던 걸까.

"형. 축하해!"

내가 형에게 축하해줬지만, 누나가 형을 한심해하는 눈으로 바라보며 말했다.

"이제 공연수 또라이가 됐구나! 일하란 말이다, 일!"

누나가 말끝에 울음을 터트렸다. 환호하던 형이

정색하고 스마트폰 화면에다 급히 통장을 크게 띄워 숫자를 짚으며 말했다.

“누나! 두 눈으로 똑바로 봐! 일, 십, 백, 천, 만, 십만, 백만, 천만. 억, 십억! 자그마치 50억이라고! 50억! 나는 오늘을 위해 내 생애를 걸었다고! 이제 우리도 당장 양짓말에 들어갈 수 있어. 누나가 밤에 나가는 ‘시간여행’을 당장 때려치워도 된다고!”

형이 말끝에 펑펑 울었는데, 감격해서인지 아니면 자신을 알아주지 않으니 화가 나서 우는지 모호했다.

그날부터 형은 돈 쓸 계획을 세우느라 분주해졌다.

“먼저 아파트를 사고, 외제 차를 사들여야지. 우리 세 사람 각자에게 맞는 침대를 들이고, 밥 같이 먹는 식탁을 사들이고…이제 소일거리도 찾아보고….”

듣고 보니 우리에게는 여태껏 없는 것들이었다. 오래전에 누군가 내다 버린 낡은 들마루를 주워다

식탁과 마루 겸용으로 써왔다. 형이 여기까지는 거침없이 말을 이었지만, 그 말끝에, "소일할 일감도 찾아보고…"라는 말에서 기가 팍 죽었다.

"내가 일하고 싶다고 어떤 놈이 일자리를 주느냐고…"

형이 중얼거려서 풀이 죽은 이유가 그 말 안에 들어있었다. 형이 들떠서 말할 때마다 누나는 한숨을 내쉬었고, 말끝에 슬프게 울었다. 마치 캐스팅만 되면 바로 써먹을 수 있는 울보 연기 연습처럼.

형이 대박을 터트렸다는 그날부터 집안 분위기가 달라졌다. 형이 혼자 있을 때면 몸에서 터져 나오는 흥겨운 노래를 흥얼대다가 누나가 나타나면 군 졸병처럼 엄숙해졌다. 누나가 입에 발린 "일을 하란 말이야."라는 말끝에 방으로 들어가 버리자, 형이 나를 불러서 또 핸드폰 화면에 찍힌 돈 자랑을 했다.

"두 눈으로 똑똑히 봐라! '공연수'라고 내 이름이 똑똑하게 보이지? 50억, 빵 아홉 개가 찍힌 것도 분명하지?"

형이 입에 달고 살던 '한방'이 현실로 불쑥 다가와 있는 것이다. 50억이란 흔히 어디서 듣던 말 같은데, 솔직히 나는 도무지 믿어지지 않았다. 그런데도 형은 틈이 날 때마다 "이제 우리는 지저분한 난쟁이 마을을 떠나야 해!"라고 말했지만, 누나는 그때마다 슬피 울었다.

그날은 형이 누나의 가녀린 어깨를 잡아 흔들며 말했다.

"누나! 이제부터 파운데이션과 립스틱은 내가 사줄게. 50억이 모자라? 50억이 모자라?"

누나는 눈을 껌벅이며 형을 물끄러미 바라보다가 울음을 터트릴 참인데, 마침 부르르 떠는 핸드폰을 들여다보더니 낯빛이 변했다. 누나가 급히 들마루를 내려섰다.

"누나, 어디 가?"

"연락이 왔어! 내가 기다리던 좋은 연락!"

누나는 양짓말로 나가기 위해 흥이 나서 얼굴에 흰빛 파운데이션을 찍어대며 급히 집을 나섰다.

누나가 떠난 날부터 장마가 시작되었다. 연일 비가 내리고 또 내렸다. 형이 자랑하던 통장에서 돈을 뽑아서 고급 파운데이션과 립스틱을 주문하여 택배가 도착했다. 나는 처음으로 형이 말하는 돈의 실체를 확인했다. 형이 시원한 들마루 위에다 배달되어 온 파운데이션과 립스틱을 진열해 놓았다. 형은 누나가 집에 들어서면 한눈에 50억의 실체를 증명할 작정이었다. 그런데, 우리가 앉은 들마루의 나무다리가 주저앉는 바람에 형과 나는 보기 좋게 앞으로 꼬꾸라졌고, 진열해 놓았던 파운데이션과 립스틱 둥근 막대기들이 와르르 쏟아졌다. 썩은 나무다리가 장마에 젖어 무너진 것이다. 형이 몸을 날려서 급히 파운데이션과 립스틱을 집어 들었다.

"큰일날 뻔했다! 이게 르몽이라는 프랑스 파운데이션인데, 자그마치 지금 우리가 사는 집 한 채 값이다!"

"비싼 걸 왜 샀어? 그 돈으로 컵라면이나 몇 박스 더 사다 놓지. 누나가 돈 아껴 쓰랬잖아."

"모르면 가만있어! 새끼야. 이제 우리도 이렇게

써도 될 만큼 큰돈을 쥐었어. 우리도 당장 양짓말로 들어갈 수 있단 말이다. 이사 갈 때 짐이 될 컵라면은 미리 사놓는 거 아니다. 돈이란 쓸 때 써야 하는 거야."

내가 형에게 말했다.

"누나가 집을 나가기 전에 보여주지 그랬어."

형은 나를 한참 바라본 끝에 슬그머니 말꼬리를 흐리며 말했다.

"맞다! 내가 왜 그 생각을 못 했지? 당장 삐까뻔쩍한 외제 차부터 들여놓을걸."

바야흐로 형의 꿈이 우리 앞에 다가와 있었다. 형과 나는 톱과 못과 망치를 들고 부서진 식탁과 마루 겸용의 들마루 다리를 고쳤다. 형 말마따나 마지막으로.

"이제 오늘부로 이런 구질구질한 것들과는 결별이다."

형이 배달된 누나의 고급 파운데이션과 립스틱을 진열해 놓으며 말했다. 이는 마치 누나의 무사 귀환을 기원하는 제단처럼 보였다. 그렇지만 왜인지 나는 우리가 난쟁이 마을 꼭대기 집을 떠날 수 없다고 단정 지었다.

지루한 장마가 계속됐다. 이렇게, 비가 내리는 날이면 멀리 양짓말은 물기가 묻어 더 눈부시게 꽃피었다. 지금 누나가 저 화려한 불꽃 무대 어딘가를 장식하고 있을 것이다. 내가 멀리 보이는 양짓말의 밝은 불빛을 말하자 형이 컴퓨터에서 눈을 떼더니 진지하게 말했다.

“네 눈에 그렇게 보이는 건 너의 의식 한쪽에 그 세상에 대한 열망이 잠재돼 있기 때문이다.”

나는 형의 말을 온전하게 알아듣지는 못했지만, 나는 한번도 양짓말을 부러워한 적이 없었다.

경계에 걸린 젊은 여자의 시신을 보고 돌아온 날부터 형은 다시 컴퓨터 앞으로 돌아갔고, 자판 위에서 파르르 떠는 손과 가슴 벅찬 전율의 시간을 맞이하는 전날 일과로 되돌아갔다. 형이 가끔 컵라면이

불기를 기다리는 조각 시간에 양짓말과 난쟁이 마을 경계에서 벌어신 '난생이 마을 여성 시신 사건'이 여전히 세상의 이슈로 떠돌았다. '제2의 장자옥 사건'이라거나 '비관 자살 이유가 지속적인 성폭행?' 등 다양한 관련 검색어를 데리고 떠돌더니 요즘은 '생활고에 비관한 자살 사건'으로 굳혀가는 추세라고 말했다. 형의 말에 따르면 여성의 시체를 유실한 경찰이 문책이 두려워해서라고, 귀족 언론의 여론몰이라고 말했다.

"요즘 언론이 대중을 떠나 권력과 붙어서 쇠붙이도 금붙이로 만든다."

그날, 나는 형의 심부름으로 편의점에서 1+1행사 중인 컵라면 세 상자를 사서 집으로 돌아오던 길이었다. 쪽문 밖에서 기웃거리는 사람이 있었다. 전에 비가 오던 날, 우리에게 말을 걸어왔던 노란 우비였다.

"여기가 공연수 씨 댁인가요?"

"그런데요."

노란 우비가 내게 불쑥 명함을 내밀었다. 내가 명함을 받아서 라면 봉지에 버리듯 넣어버렸다.

“브루넷 강진우 기잡니다. 형이 지금 집에 있나요? 뵙고 할 얘기가 좀 있어서요.”

그가 제 소개와 함께 용건을 말했다.

형은 한창 게임 중이어서 그런지 몇 번 불렀을 때야 겨우 방안에서 말대답이 새어 나왔다.

“기다려, 새끼야.”

화가 잔뜩 나 있는 형이 욕을 내뱉었다.

“손님이 오셨어. 형한테 할 말이 있대.”

한참 시간이 더 지났을 때 눈이 시뻘겋게 충혈된 형이 방을 나와 신경질적으로 물었다. 금방이라도 세상 모든 것을 뒤엎어버릴 기세였다.

“당신, 뭐요?”

형은 아직도 컴퓨터에 정신 줄이 붙들려 있었다. 기자가 형의 비위를 건드리지 않으려 조심스럽게 말했다.

"혹시, 최근 공연자 씨 소식 들었나요?"

"당신, 누구야?"

"저는 코리아넷 강진우 기잡니다. 사건에 궁금한 것이 있어서요."

그제야 형은 젊은 여자의 시신이 발견된 날의 노란 우비인 줄 알았고, 갑자기 욕을 퍼부었다.

"괜히 열 받은 사람 건들지 말고 꺼져, 이 개새끼야!"

형의 성난 말에 기자가 꼬리를 내렸다.

"죄송합니다. 전날 사망자가 공연자 씨라는 신원이 지금 막 확인이 되어서요. 지금까지 수사기관에서는 사실을 숨기고 있었습니다. 전 이유를 알고 싶었을 뿐입니다."

기자가 다급하니 말의 속도가 빠를 수밖에 없었다.

"누나 아니랬잖아! 몇 번 말해야 알아들어. 씨팔!"

반말에다 욕이 튀어나오자 기자가 꼬리를 내리고

쪽문으로 슬금슬금 물러나면서 마지막 말을 집 안으로 밀어 넣었다.

“빨간색 원피스가 집에 있다고 말씀하셨는데, 빨간 원피스는 많습니다. 혹시 1+1로 구매한 것 아닐까요?”

기자가 집 밖으로 나가 있어서 형이 쪽문을 걸어 잠그고 나서 잠시 멍하니 서 있었다. 그렇구나! 우리는 왜 그 생각을 하지 못했을까? 금방 내가 산 라면도 1+1, 형이 시키는 대로 세 상자를 샀다. 정말 누나가 죽었구나. 세상이 무너지는 것 같았다.

형이 방으로 돌아가 다시 게임을 시작했다. 나는 형이 시키는 대로 컵라면에 물을 부어 뚜껑을 여미면서 형의 방으로 들어갔다. 눈이 시뻘겋게 충혈된 형이 연신 키보드를 신경질적으로 두들겨대며 말했다.

“그때 돈을 몽땅 찾아놔야 했는데, 돈 50억이 다 날아가 버렸잖아!”

나는 요즘 형의 신경이 곤두선 이유를 알았다. 그렇다면 이제 우리가 난쟁이 마을을 떠날 일도 없을 것이다. 애초부터 나와 누나는 처음부터 형이 말한 50억도, 난쟁이 마을을 떠난다는 말도 믿지 않았다. 내가 형 곁에 서 있었는데 형이 말했다.

"사실, 그날, 나는 딱 보고 누나인 줄 알았다."

형이 큰 죄를 지은 사람같이 시무룩해져 말했다. 나는 누나가 이제 영영 이 집에 돌아오지 못한다는 생각에 이르자 슬픔과 함께 화가 치밀었다.

"그럼, 왜 그때 말하지 않았어?"

나도 화가 나서 울면서 형을 쏘아붙였다.

"기왕 잘 못 된 거, 살아남은 자들이 먹고 살길을 찾자는 거였지. 그게 죽은 누나의 뜻이었을 거고…."

그날부터 형은 내내 옆에 끼고 살던 컴퓨터도 켜지 않고 내내 울기만 했고, 나도 형을 따라 울었다.

장마 끝자리에 하늘에 별이 더 또렷해졌지만, 난쟁이 마을을 가로지르는 도랑물이 다시 검어져 가고 악취가 풍기기 시작했다. 막 통화를 끝낸 형의 얼굴은 긴장을 넘어 공포가 서려 있었다.

“형, 무슨 일이야?”

“새끼들이 압수수색 나온댔어. 내가 다 알아서 할 테니 너는 아무 소리 말고 가만있어.”

겁먹은 형이 마른침을 삼키며 말했다.

“알았어.”

가파른 도로로 붉고 푸른 경광등을 번쩍거리는 경찰차가 올라와 정차하더니 정복과 사복 차림의 경찰관 두 사람이 내렸다. 나는 경찰관이 집으로 들어오자 다시 누나의 죽음이 실감 나서 울음을 터트렸다. 내내 불안하고 초조한 모습을 보이던 형이 차분해져서 우는 나를 달래고 나서 질의응답에 나섰다. 형의 대답은 차분했다.

“공연자 씨가 집에 들어오지 않은 게 언제부터입니까?”

“7월 12일입니다. 내가 이 날짜를 기억하는 이유는 그러니까, 50억짜리 대박이 터져 통장에 입금된 날로부터 보름 뒤이기 때문입니다.”

"그렇게 큰돈을 거머쥐었다면서, 공연자 씨는 왜 생활고에 비관했을까요?"

"누나는 끝까지 50억이라는 내 말을 믿지 않았습니다. 그냥 나를 돈에 미친 놈으로 취급했고, 옆에 있는 동생도 믿질 않았으니까요. 뒷날 그 돈이 다 날아가기는 했지만요."

이 대목에서 형은 이제 화를 넘어 풀이 죽었다. 사복 경찰관이 형의 말끝을 낚아채 물었다.

"돈이 날아가다니요? 도박했다는 말이군요?"

형이 깜짝 놀라서 제가 한 말을 얼른 바로잡았다.

"도박이라니요? 배팅한 거지요. 어디까지나 합법적인 배팅이요! 합법적인 배팅은 돈 많은 재벌 총수도 미국 대통령도 합니다."

"아이피 추적대로, 상습 도박꾼이네."

"도박꾼이라니요? 합법적인 투자요, 투자!"

차분해 있던 형이 핏대를 세워 말했다. 이번에는 곁에 있던 사복 경찰관이 물었다.

"공연자 씨가 자살과 같은 극단적인 선택을 할 만한 징후를 보인 적이 있던가요?"

"이 풍진 세상에서 죽음 한번 생각하지 않은 사람이 어디 있겠습니까? 특히 여기 난쟁이 마을 사람들은 늘 죽음을 옆에 끼고 산다고 보면 맞습니다. 나도 늘 그랬으니까요."

"알겠습니다. 가난으로 인한 우울증 증세 외에 다른 징후는 없었단 말이지요?"

사복 경찰관의 말로 사건이 마무리 절차에 들어섰다. 이때 갑자기 형이 태도를 바꾸었다.

"누나는 자살이 아닌 타살입니다."

형의 말에 두 경찰관의 낯이 동시에 굳어졌고, 옆에서 조서를 꾸미기 위해 적던 펜을 든 채 형을 물끄러미 바라보았다. 형이 말을 이었다.

"누나가 소속사 에이엔 엔터테인먼트(A&N Entertainment)와 계약을 맺을 때는 탤런트 계약이었어요. 그러나 실제로 한 일은 접대부였습니다. 밤마다 출근하여 다음 날 파김치가 되어 돌아오곤 했지요. 누나가 접대한 사람은 주로 정·재계 연예 인사 등 다양했습니다. 시쳇말로 방귀깨나 뀌는 사람들인데, 하룻밤 즐기면 마치 바통을 이어 주듯 사람을 소개했어요. 흔히 말하는 성 노리개였지요. 저는 이제 소속사 대표와 구멍 동서 인사들의 실명을 낱낱이 세상에 까발릴 겁니다."

형이 관계 재계 언론계 인사들의 직함과 성명을 한참 동안 나열했다. 형의 말이 끝나기를 기다려 사복 경찰관이 말했다.

"공연자 씨가 평소 우울증 같은 증세를 지속해서 보여 왔단 말이지요?"

경찰이 형의 긴말을 한마디로 덮어버렸다. 두 경찰관은 오직 '우울증'에 방점을 두고, 사건에 대한 결론을 내려놓고 있었다. 이런 끝내기 절차에서 형의 패배가 분명해 보였다. 이쯤에서 형의 심경에 다시 변화가 왔다.

"극단적인 선택을 한 사람이 왜 우울증세가 없었겠습니까? 신자본주의가 공고해질수록 거대 카르텔의 압제, 자본이 낳은 괴물, 신 계급사회에 대한 분노로 일관했지요. 그렇지만 잡초가 무슨 힘이 있나요? 바람이 불면 누웠다가 다시 일어설 뿐이지요."

난 형이 이렇게 똑똑한 줄 몰랐다. 두 경찰관이 눈짓으로 뭔가를 주고받은 끝에 바인더와 필기구를 내려놓고 초조해하며 담배를 피워 물었다. 한참 담배 연기를 뿜어내고 나서 사복 경찰관이 지나가는 말처럼 물었다.

"혹시, 실증적인 문건이 있습니까?"

"많지요. 누나가 울면서 세상을 향해 하소연한 동영상이 있고, 영상 안에 자필 폭로 문건이 온전히 담겨 있습니다. 당연히 원본까지 있습니다."

그동안 형은 많은 것을 알고 있으면서 왜 내게 말하지 않았을까? 두 경찰관이 다시 눈빛을 주고받은 끝에 형에게 물었다.

"말씀하신 동영상을 지금 볼 수 있습니까?"

"안 됩니다. 동영상은 변호사 입회하에 공개하겠습니다."

형의 말은 단호했다. 두 경찰관은 사건 조사가 마

무리되어 가는 시점에 돌발한 악재에 곤혹스러운 표정이었다. 두 경찰관이 일어서면서 형 앞에 말을 내려놓았다.

"당신의 공갈 협박 수법이 공연자와 똑같아! 당신은 공권에 공갈 협박을 했습니다. 이에 대한 수사와 동시에 불법 상습 도박 혐의로 수사가 시작될 거요!"

사복 경찰관의 말에 이번에는 형의 말문이 막혔다. 형을 향해 사복 경찰관이 말을 툭 던져놓았다.

"마지막으로, 공연자가 자살 처리되기만 하면 빅딜도 가능합니다."

두 경찰관이 집에서 나가고, 경찰차가 붉고 푸른 경광등을 번쩍이며 언덕을 내려갔다. 제정신으로 돌아온 형이 다급하게 물었다.

"너 아까 기자한테 연락처 받은 거 있지?"

나는 그제야 1+1 컵라면 할인 행사 내용이 찍힌 비닐봉지에 받아 넣었던 기자의 명함을 기억해 냈다.

"응, 있어. 잠깐 기다려봐!"

내가 라면 봉지에서 명함을 찾아내 형에게 주자 곧장 번호를 눌렀다.

"공연자 씨의 동생 되는 사람인데요. 급히 좀 만날 수 있나요?…제 신상에 위급한 일이 다가오고 있어요.…그러면 내가 먼저 동영상을 전송하겠습니다."

전화를 끊고 나서 형이 내게 말했다.

"너, 지금부터 내가 하는 말 잘 들어. 누나가 죽기 전에 미리 남겨놓은 메모가 있다. 여기에 세상 거물급 인사들의 명단이 다 들어있다. 세상에 진실 알리기보다 당장 닥칠 위험 대비가 더 먼저다. 너는 내가 누나처럼 이 세상에서 사라지는 게 좋아?"

"…아니."

나는 솔직히 형의 말귀를 알아듣지 못했다.

"씨팔! 돌이킬 수 없는 루비콘강을 건넜다고! 놈들은 이제 나를 죽이려 들 것이다. 누나를 없앤 것처럼 말이다."

날이 저물어가면서, 누나가 출근하는 시간이 다가오자, 누나가 타고 내려가던 마을버스가 언덕배기를 올라오고 있었다. 마을버스가 똥구멍에서 뿜어내는 연기를 받아 마시듯 좀 거리를 두고 검은색 승용차 한 대가 올라왔다. 어둠이 불길한 예감처럼 와락 몰려왔다. 밖에서 쪽문 두들기는 소리가 들려오자, 형이 위험을 직감했던지 방문을 걸어 잠그며 소리쳤다.

“문 열어주지 마!”

몇 차례 다급한 문소리가 들리는가 싶더니 사내들 몇이 담을 뛰어넘어 들어왔다.

“경찰입니다. 영장에 따라 압수수색을 집행하겠습니다.”

사내가 나서서 종이 한 장을 앞으로 내미는가 싶더니 얼른 집어넣었다. 사내들이 형의 방을 뜯고 들어갔다. 형은 모든 것을 포기한 듯 침착해졌다. 형의 방과 누나의 방에서 컴퓨터와 몇 가지 물건을 푸른 상자에 담았다.

“스마트폰도 압수 대상입니다.”

형은 이미 각오한 듯 순순히 내놓았다. 형은 미리 빼돌려놓은 동영상을 믿는 것이 틀림없었다. 수사관이 급히 전화를 걸어 말했다.

“금방 기자에게 전송한 문건이 있다. 그 새끼를 추적해서 압수 수색해!”

형은 자포자기 상태가 되어 멍하니 넋을 놓고 서 있었다.

“공연수! 공갈 협박과 상습 도박 혐의! 증거 인멸과 도주 위험이 있어 체포한다.”

형의 손목에 은빛 수갑이 채워졌다. 형이 마을버스 종점에 세워진 검은 승용차에 실리기까지 모든 과정이 아주 짧은 시간에 이뤄졌다. 승용차가 언덕을 내려가자 어둠이 빠르게 자리 잡았고 하늘에 별이 돋았다.

형이 떠나고 며칠이 지난 어느 날, 사복형사가 찾아와 “공연수가 취조 중에 자살했다”라는 소식을 전해줬다. 시신을 확인하겠느냐고 물었다가 방바닥에 눌어붙어 있는 나를 데려갈 임무가 나지 않았던지 얼른 "그럼 기관에서 알아서 처리하겠다."라는 말을 남기고 돌아갔다.

이제 누나에 이어 형도 이 세상을 떠났다. 누나와 형이 떠난 빈집에는 늘 밤이 자리 잡았고, 어둠 속에 사나운 꿈들이 노닐었다. 나는 울다 지쳐서 잠들곤 했는데, 별이 뜬 꿈의 마당에 누나와 형이 나타났다. 누나는 은빛이 반짝이 정장에 눈부시게 흰 얼굴로 붉은 카펫을 걸어 시상대에 오르는 연예인이 되어 있었고, 양복을 차려입은 형이 일하기 위해 큰 건물 유리 회전문 안으로 들어가는 꿈이었다. 꿈이란 잠재된 욕망의 창, 심지어 사후의 세계까지 읽어낸다고 했다. 그렇지만 저 모습이 누나와 형의 사후 모습이라는 보장이 없었다.

몸은 방바닥에 눌어붙어 있었지만, 내 상상의 세계에서는 양짓말의 두 곳을 찾아 나서고 있었다. 하나는 누나의 생전 직장 '시간여행'이라는 고급 술집이고, 다음은 노란 우비 기자가 있는 블루넷 신문사였다. '시간여행'은 여전히 찬란한 조명 아래 우아한 흰 얼굴의 사람들이 담소했고, 신문사와 금융회사가 들어찬 건물 회전문으로 흰 와이셔츠의 남자와 뾰족 구두를 신은 여자들이 그들만의 세상을 구가하고 있었다. 그들은 누나와 형을 사냥한 자들이었지만, 그렇다고 내가 원수를 갚겠다는 생각을 한 것이 아니었다. 맹수에게 새끼를 사냥당한 어미가 살아가는 방법은 운명이려니 여기고 슬픔을 삭이거나, 맹수를 신으로 섬기는 방법밖에 없다. 엎드린 내 등에 신이 저주의 불벼락을 내린다 해도 나는 할 말이 없다.

어느 날, 나는 비몽사몽 중에 저승에서 사는 누나와 형의 모습을 보았다. 이는 저승에 간 누나와 형을 보고 싶어 했던 내 간절한 소망이 가져다준 행운이었다.

그날도 변함없이 난쟁이 마을에 어둠이 오고 하늘에 별이 돋았는데, 검은 승용차가 앞에 빛을 번쩍거리며 올라와 멎었다. 저 세상의 누나와 형이 환한 불빛 속으로 나들이를 나온 듯 차에서 내렸다. 다음 순간, 누나와 형의 흰 얼굴이 순식간에 검게 바뀌어

버렸다. 아! 우리는 죽어서도 난쟁이 마을을 벗어날 수가 없구나.

(*)

-작가의 말-

우리가 꿈꾸던 세상은 언제나 가깝게 보였다. 그러나 다가가면 신기루처럼 눈앞에서 멀어져갔다.

그래도 우리는 그 세상을 향해 걸어가야 한다. 왜냐하면 나의 마지막 남은 사랑의 방식이니까.

그녀의 방

인　쇄 : 2025년 11월 20일
펴낸 날 : 2025년 11월 20일
지은 이 : 채길순
펴낸 이 : 김성구
편　집 : 예술의 숲
펴낸 곳 : 국제문학사

등록번호 : 2015.11.02. 제2020-000026호
주　　소 : 서울특별시 광진구 광나루로 15길 41 (군자동),102호
전　　화 : 070-8782-7272
전자우편 E-mail kims0605@daum.net

ISBN : 979-11-89805-59-3 03810

값 10,000원

이 책은 「2025 원로예술활동지원」 사업에 선정되어, 경기도와 경기문화재단의 지원을 받아 발간되었습니다.